LA

CONVERSION DE SAINT-PAUL.

PAULUS.

ORATORIO.

Paroles de BÉLANGER,

TRADUCTEUR DES MÉLODIES DE F. SCHUBERT, H, PROCH, BEETHOVEN, WEBER, ETC.,
AUTEUR DES PAROLES DU WALTER-SCOTT LYRIQUE.

Musique de **F. MENDELSSOHN-BARTHOLDY.**

6 MÉLODIES RELIGIEUSES,

Paroles de *BÉLANGER*, Musique de *BEETHOVEN*.

PARIS

S. RICHAULT, ÉDITEUR DE MUSIQUE,

Boulevart Poissonnière, 26, au 1er.

On y trouve la partition de l'Oratorio petit format, avec accompagnement de piano.

1845.

1508

CONVERSION DE SAINT - PAUL.

PAULUS.

ORATORIO.

Paroles de BÉLANGER. musique de MENDELSSOHN-BARTHOLDY.

Première Partie.

N° 1. OUVERTURE.

N° 2. *Les Chrétiens glorifient le Seigneur.*

GRAND CHOEUR.

Gloire à ton nom, Seigneur !
Et les cieux et la terre ont béni ta puissance,
Et les cieux et la terre et l'Océan immense
Ont proclamé ta divine splendeur.
L'Impie en sa vaine fureur
Ose encor blasphémer la gloire du Sauveur :
Des Chrétiens prends pitié, Seigneur,
Et bénis la prière ,
Le doux encens qui vient du cœur !
Combats pour nous sur terre
Et sois enfin ton seul vengeur

N° 3. *Hommage à la Toute-Puissance.*

CHORAL.

Chantons sa gloire et sa clémence,
Dieu seul possède au sein des Cieux
La gloire et la puissance.
Rendons-lui grâce d'être heureux
Des biens qu'il nous dispense.
Il est aussi le Roi des Rois,
Au monde entier dictant ses lois :
Chantons sa gloire et sa clémence.

N° 4. *Les Juifs accusent St-Etienne de blasphémer la loi.*

RÉCITATIF ET CHŒUR DE BASSES.

L'amour du Seigneur embrâsait
L'Église des Fidèles :
Le peuple s'empressait aux leçons immortelles
D'Étienne, que l'esprit de Dieu même inspirait
Et comme ils redoutaient le souverain empire
De ses discours sur tous les cœurs,
Les Scribes, les Docteurs,
Ont envoyé des imposteurs
Qui, servant leurs fureurs
Et leur audace, vinrent dire :
« Il trahit notre foi,
» L'insolent! il blasphème
» Les lieux sacrés, le Temple même
» Et notre loi. »
Puis Étienne paraît. — Dans sa fureur extrême,
Le peuple lâchement séduit
L'entraîne, sans défense, au grand conseil, et dit :

N° 5. *Les Juifs entraînent St-Étienne devant le Conseil.*

GRAND CHŒUR.

» Il blasphème
» Le Dieu vivant!

» Punissez l'insolent
» Dont les discours sont un affront sanglant
» Pour notre Dieu suprême.

» Oui, fidèle au Seigneur,
» Jérusalem bénit la loi divine :
» Mais, infâme imposteur,
» Jérusalem repousse ta doctrine,
» Jérusalem est fidèle au Seigneur.

» Vous savez qu'il osa nous dire :
» Jésus de Nazareth m'appelle et veut détruire
» Vos biens, vos lois et votre empire,
» Les lois que Moïse donna
» Sur le mont Sina ! »

N° 6.   *St Étienne devant ses juges.*

RÉCITATIF ET SOLO DE TÉNOR.

Le Tribunal injuste a prononcé d'avance
L'arrêt de l'innocence.
Étienne attend sans crainte : à genoux il priait.
Et d'un éclat divin son front resplendissait.
— Tu les entends, Chrétien, que dire en ta défense ?

Au Tribunal il répondait :

« Mes amis et mes frères.
» Je parle au nom du Ciel qui pardonne, écoutez !
» Le Seigneur fut béni de vos pères :
» Auprès de lui montaient les cris de leurs misères
» Qu'il n'a pas rebutés.

» En Égypte, aux brûlantes plaines,
» Ils ont souffert longtemps captifs et malheureux.
» Moïse enfin prend pitié de leurs peines ;
» Au Pharaon superbe il parle en Roi, pour eux,
» Et fait tomber leurs chaînes.
» Mais à la sainte loi bientôt las d'obéir,
» Ils ont fermé leurs cœurs frivoles :
» Et Dieu les voit offrir
» L'encens coupable à des idoles. »

» Salomon a bâti son temple glorieux ;
» Mais il ne fut jamais l'auguste résidence
         » De la Toute-Puissance.
» Le trône du Seigneur est au plus haut des Cieux :
» La Terre n'est pour lui qu'un marchepied immense ;
         » L'Eternel réside en tous lieux.
         » Malheur à vous, enfants rebelles,
         » Que l'Esprit-Saint ne touche pas,
» Ainsi que vos aïeux vous êtes des ingrats !
      » Mais sur vos têtes criminelles
» Le céleste Vengeur étend déjà son bras.
» Vous avez répandu le Sang le plus Auguste.
         » Bourreaux du Juste
» Son Sang, vous l'avez dit, va retomber sur vous.
      » Le Seigneur en courroux
» Versera les trésors de sa haine fidèle
» Sur les persécuteurs de notre loi nouvelle ! »

LE CHOEUR.

A lui la mort !
Là loi de Dieu règle son sort
A lui la mort !

ÉTIENNE.

» Quand je souffre pour toi, la mort me paraît belle,
» Seigneur ! déjà les Cieux sont ouverts devant moi,
» Et le Sauveur m'attend pour couronner ma Foi !

N° 7.   *Jérusalem rebelle aux avertissements de Dieu.*

AIR DE SOPRANO.

Jérusalem ! tu maudis les Prophètes
   Qui te parlaient au nom des Cieux !
   Vois se lever des jours affreux
   Sur tes beaux jours de fêtes.
Tu méconnais ma voix, tu détournes les yeux !
Jérusalem ! tu maudis les Prophètes
   Qui te parlaient au nom des Cieux.

N° 8.   *St-Étienne est conduit au supplice.*

RÉCITATIF ET CHOEUR.

Et les bourreaux cédant à l'aveugle délire,
 Que l'Enfer jaloux leur inspire,
Hors des murs entraînaient Étienne tout sanglant
 Pour l'immoler en s'écriant :
  « Il trahit Dieu lui-même,
  « Lapidons-le pour le punir :
  » La loi le veut, il doit mourir
  » L'infàme qui blasphème !

N° 9.   *Dernier soupir de St-Étienne.*

RÉCITATIF ET CHORAL.

 Sous leurs coups Étienne tomba :
 Mais, pour eux encore il pria.
 « Pardonne à leur crime inutile,
 » O mon Dieu, j'expire docile. »
Au Seigneur, pour jamais, il s'endormit tranquille.

 Ne suis-je pas toujours à toi ?
 Seigneur, accepte aussi ma vie.
 La mort, je l'ai toujours bénie,
 Elle couronne en paix ma Foi !
 En Toi je meurs, pour vivre en Toi !

N° 10.   *Saul garde les manteaux de ceux qui lapidaient*
    St-Étienne.

RÉCITATIF.

Saul gardait les manteaux de la troupe homicide :
Il suivait tous les coups : et son regard avide,
Savourait lentement cette scène d'horreur.
Près du corps mutilé par une mort affreuse
De Chrétiens désolés une foule pieuse
  S'approche et dit avec douceur :

Nº 11. *Hymne des Chrétiens après le martyre de St-Étienne.*

GRAND CHŒUR.

Honneur à toi, qui meurs fidèle,
Heureux d'avoir souffert au saint nom du Seigneur.
Déjà ton Dieu t'appelle,
Et l'éternel bonheur
Couronnera ton zèle.
Pour toi, divin martyr,
Splendeur des Cieux renaît plus belle.
Le corps pouvait mourir,
Mais l'âme est immortelle!

Nº 12.   *Saul persécute les Chrétiens.*

RÉCITATIF ET AIR DE BASSE.

Et cependant
Saul poursuivait son œuvre de carnage :
Persécutant les Chrétiens de sa rage
Il veut leur perte, il veut leur sang.
« Qu'ils soient détruits, seul Dieu vivant,
» Au feu de ta colère !
» Dans leur démence altière
» Ils ont proscrit ton Nom, le seul qui soit puissant,
» Le seul adoré sur la terre !
» Qu'ils soient détruits au feu de ta colère,
» Et que ton bras sévère
» Les rende à leur néant. »

Nº 13. *Les Chrétiens mettent leur confiance dans le Seigneur.*

RÉCITATIF ET AIR DE SOPRANO.

Or, à Damas il faisait un voyage.
Et le grand Prêtre et les Anciens
Lui donnaient le message
De ramener d'infortunés Chrétiens
Dans un dur esclavage.

Mais le Seigneur, qui se rappelle encor
Sa divine alliance.

Le Seigneur, de son bras toujours puissant et fort
Soutient la timide innocence.
Pour mieux signaler sa puissance,
Voici le Seigneur qui s'avance,
Oui, le Seigneur, qui se rappelle encor
Sa divine alliance.

N° 14. *Conversion de St Paul.*

RÉCITATIF ET CHOEUR.

De son coursier pressant le pas
Saul atteignait déjà Damas.
Soudain il est frappé d'un éclat de lumière :
Il mesure la terre.
Une voix de tonnerre
Criait d'en haut : Saul ! Saul ! toi ! mon persécuteur !
« Qui m'appelle ainsi ? — Le Seigneur :
« — Jésus de Nazareth ! » — Aussitôt de terreur
Son corps glacé frissonne.
— Parlez, que voulez-vous ? mais je ne vois personne !..
— Le Seigneur : « Lève-toi, je veux toucher ton cœur;
On te dira ce que ton Dieu t'ordonne.

N° 15. *Les Chrétiens se réjouissent de la conversion de St Paul*

GRAND CHOEUR.

Saint flambeau de la Foi,
Viens, lève-toi!
D'un effrayant mystère
Les ombres de la nuit
Couvraient la terre;
Ton jour enfin, Seigneur, sur nous rayonne et luit.

N° 16. *Réconciliation, Espérance.*

CHORAL.

Entends-tu pas cette voix qui t'appelle ?
Renais encor plus charmante et plus belle.

Jérusalem, éveille-toi?
Ton Dieu retourne à toi
Ranime en lui ta Foi?
Alleluia !

Nᵒ 17.   *Saul fait pénitence.*

RÉCITATIF.

Saul relève son front prosterné sur la terre
Mais il a perdu la lumière :
Une profonde nuit s'étend sur sa paupière.
Devers Damas on le conduit
Aveugle, et tout brisé du poids des saintes armes,
Trois jours entiers le pénitent gémit
Et dans le jeûne et dans les larmes.

Nᵒ 18.   *Saul repentant implore le Seigneur.*

AIR DE BASSE.

Dans ta clémence
Mon espérance !
Pardonne à mon offense,
Dieu de miséricorde, et viens m'ouvrir tes bras.
Pitié pour moi : ne me repousse pas ;
J'attends le Saint-Esprit conducteur de mes pas,
Et qui doit guérir ma souffrance.
Seigneur, sur ton chemin
Je veux guider mes frères ;
Et sous tes lois sévères
Faire courber leurs cœurs tout flétris de misères.
Esprit de Dieu, remplis mon sein !
Embrase-moi d'un feu divin !

Nᵒ 19.   *Saul est pardonné.*

RÉCITATIF.

À Damas vivait un saint homme
Ananias : (ainsi chacun le nomme),

Or, le Seigneur veut éprouver sa Foi.
— Ananias, dit-il, obéis, lève-toi,
Va trouver Saul de Tarse ; il pleure, il est ton frère,
Chez Judas, le Chrétien, il cache sa misère :
C'est l'instrument secret qui seul devait me plaire.
Il apprendra qu'il faut savoir souffrir pour moi.

N° 20.　　　*Saul rend grâce au Seigneur.*

AIR DE BASSE ET CHŒUR.

Merci, mon seul Dieu tutélaire,
Je te rends grâce, ô mon divin Sauveur !
Tu m'accordas un regard moins sévère,
La Foi puissante a guéri mon erreur ;
　　Délivre enfin mon âme
　　De l'éternelle flamme !
A jamais sois mon guide, ô divin protecteur !

　　Seigneur, tu vois nos larmes,
　　Dissipe nos alarmes
　　Toi qui promets à la douleur
　　Espoir consolateur.

N° 21.　　　*Baptême de St Paul.*

RÉCITATIF.

Ananias entend la voix de la Sagesse :
　　D'obéir soudain il s'empresse :
Il impose les mains à Saul et puis lui dit :
« Mon fils bien-aimé, vers toi Dieu m'a conduit.
　　» Ce Dieu qui te punit,
　　» Qui t'apparut naguère
　　» T'a rendu la lumière
» Et veut que l'Esprit-Saint te rayonne et t'éclaire. »

　　Alors tomba soudain une écaille légère
　　Qui voilait sa paupière,

Et du baptème saint l'eau pure et salutaire
Lava de ses péchés la tache originaire.

N° 22.　　　　*La Sagesse divine.*

GRAND CHOEUR.

Gloire à toi, divine Sagesse
Qu'il nous faut adorer sans cesse.
Dieu seul nous relève et seul il nous abaisse.
Conseils profonds de la Sagesse.
Le bonheur éternel en Toi
Va couronner ma Foi,
Amen.

Deuxième Partie.

N° 23.　　　　*Toute la Terre sera chrétienne.*

GRAND CHOEUR.

La Terre appartient au Seigneur
Et la Terre bénit un seul Dieu créateur.
Dans l'ombre encore
L'infidèle qui t'implore
Et te cherche et t'adore.
Ta divine splendeur
Saura bientôt manifester sa gloire.
Heureux de croire,
L'infidèle, en tous lieux, pourra te rendre gloire,
Et la Terre, partout, servira le Seigneur.

N° 24. *Mission de St-Paul et de St-Barnabé.*

RÉCITATIF.

Et Paul, au nom du Christ, enseignait l'Évangile
Aux peuples qui croyaient avec un cœur docile.
Ainsi parla le saint Esprit :
Paul, et toi, Barnabé, tous deux allez sans crainte.
« C'est vous que Dieu choisit
« Pour l'œuvre sainte. »
Et ces hommes divins
A la voix d'en Haut obéirent :
Sur eux on imposa les mains,
Puis, ils partirent.

N° 25. *St-Paul et St-Barnabé se dévouent à leur mission
sainte.*

DUETTO.

« Oui, c'est Dieu qui m'appelle
» Et j'adore ses lois :
» Cette voix immortelle
» Parlera par ma voix. »

N° 26. *La Terre bénit les envoyés des Cieux.*

CHOEUR.

Qu'ils soient bénis sur terre
Les envoyés des Cieux,
Que leur voix tutélaire
Fasse entendre en tous lieux
Le langage des Cieux.

N° 27. *Prédication de St-Paul.*

RÉCITATIF ET AIR DE SOPRANO.

D'une vie éternelle,
Ils annonçaient joyeux
La céleste nouvelle,
L'Esprit divin planait sur eux.

Sur la harpe immortelle,
Oh! laissez-nous chanter le Saint Nom du Seigneur.
Du Juste, resté fidèle
Il soutient la ferveur:
Mais, c'est aussi le Dieu qui pardonne au pécheur.

N° 28.   *Les Juifs veulent s'opposer aux progrès du*
Christianisme.

RÉCITATIF ET CHOEUR.

Et les Juifs cependant ne pouvaient s'en défendre,
Le peuple aimait St-Paul qu'il suivait pour l'entendre.
La haine dans le cœur,
Ils lançaient l'anathème,
Criant avec fureur :
» Moi seul, je suis votre Seigneur!
» Le Seigneur l'a dit lui-même,
» Moi seul, je suis votre Sauveur,
» En moi seul votre espoir suprême. »
Les ennemis de Paul veillaient :
Pour satisfaire leur furie,
Il leur fallait sa vie,
Entre eux ils se disaient:

N° 29.   *Imprécations des Juifs contre St-Paul.*

CHOEUR ET CHORAL.

Oui, l'imposteur, naguère encore
Persécutait le Dieu qu'à présent il adore.
A lui malheur!
La loi fera justice!
La mort et le supplice
De l'imposteur !

(Invocation des Chrétiens à Jésus-Christ).

O Jésus-Christ, sainte Splendeur,
Confonds l'obscur blasphémateur,
Et, dans la nuit de son erreur,
Conduis ses pas au vrai bonheur.
Ramène à toi l'humble pécheur,
Pour lui désarme ta rigueur ;
De tes Élus bénis l'ardeur,
Du faible encor soutiens le cœur.

N° 30. *St-Paul reproche aux Juifs leur incrédulité.*

RÉCITATIF.

Mais Saint-Paul redoublant d'ardeur,
Leur disait : « En vain le Seigneur
» Vous parlait par ma voix austère :
» Vous repoussez mon ministère,
» Je vais porter aux Gentils la lumière. »

N° 31. *Mission de St-Paul et de St-Barnabé chez les Gentils.*

DUETTO.

« Tu porteras sur terre
» Divin mystère
» De ma lumière. »
Du Seigneur c'est la loi sévère,
Croyez donc au Seigneur,
Et votre foi ne sera pas trahie :
Ici-bas le bonheur,
L'Éternité dans l'autre vie.

N° 32. *St-Paul guérit un boiteux.*

RÉCITATIF.

Près des murs de Lystra, Paul rencontre au passage
Un boiteux, qui l'était depuis son plus jeune âge ;
La Foi brillait sur son visage,
Paul s'arrête et lui dit : « Mon fils, allons, courage ;
» Lève-toi pour rendre hommage. »
Il se leva rempli d'ardeur
Et bénit le Seigneur.
Les Gentils, frappés de stupeur,
Disaient en leur langage :

N° 33 *Les Gentils rendent hommage à St-Paul et à St-Barnabé.*

CHŒUR.

Les Dieux enfin plus doux
Sont descendus vers nous ;
Les Dieux, pour nous prospères,
Sont devenus nos frères.

N° 34. *St-Paul et St-Barnabé semblent des Dieux aux Gentils.*

RÉCITATIF.

Ils étaient simplement les envoyés des Cieux.
Et semblaient eux-mêmes des Dieux ;
Et les autels fumaient pour eux !
Immolant des génisses,
Tout un peuple, à genoux, leur adresse des vœux.
D'augustes sacrifices
Et des hymnes pieux.

N° 35. *Les Gentils adorent St-Paul et St-Barnabé.*

Dieux puissants, Dieux prospères,
Ecoutez nos prières.

N° 36. *St-Paul repousse les hommages des Gentils.*

RÉCITATIF ET CHOEUR.

Mais, bravant d'un peuple en courroux
Le délire impie,
Saint-Paul veut les sauver de leur idolâtrie,
Il s'élance, il s'écrie :
« O mes frères, que faites-vous ?
» Nous sommes des mortels aussi faibles que vous :
» Servez donc notre Dieu bien plus puissant que nous.
» Son joug est aimable et si doux !
» En lui la vie
» Et l'espoir d'être heureux !
» Il est seul glorieux
» Et réside au plus haut des Cieux.
» Il dit lui-même :
» Vos Dieux s'écrouleront, et leur néant divin
» Dans le néant retombera de même.
» Que leur destin
» Soit donc pour vous un salutaire exemple !
» Dieu ne veut pas d'un Temple
» Que l'homme a bâti de sa main.
» En vous reluit la majesté suprême
» Du Dieu vivant ;
» Et je suis son Temple moi-même .
» Et mon Dieu me défend ! »

C'est dans le Ciel que notre Dieu réside ,
Lui seul aussi commande aux Rois,

Il est du malheureux et le père et le guide,
Et l'univers obéit à ses lois.

N° 37. *Fureur des Gentils contre St-Paul.*

RÉCITATIF.

Du peuple alors la voix retentissante,
Terrible, menaçante,
Tonnait avec fureur,
Lui prédisant malheur.

N° 38. *Les Gentils veulent mettre St-Paul à mort.*

GRAND CHOEUR.

Lui, le Temple de Dieu ! Quel horrible blasphème !
Qu'il soit frappé de l'anathème !
Ce Dieu qu'il brave encor
Le condamne à la mort.
Point de pitié ! Pour lui la mort !

N° 39. *Dieu sauve St-Paul de la fureur des Gentils.*

RÉCITATIF.

Et la foule partout lui fermait le passage ;
Mais, le Seigneur sauva ses jours.
Il doit poursuivre encore un long pèlerinage !
Et le monde attend son secours !

N° 40. *Sois fidèle.*

CAVATINE POUR TÉNOR.

Sois fidèle, jusqu'à la mort,
Et moi, je veux au ciel récompenser ta vie.
De ta vertu, le noble effort
D'un éternel bonheur voit sa gloire suivie !

Sois sans effroi,
Je suis en Toi !

N° 41.   *Dernières paroles de St-Paul aux Chrétiens.*

RÉCITATIF ET AIR DE BASSE.

Vers des pays lointains, au moment de se rendre,
Saint-Paul à ses amis fait un adieu bien tendre :
  « Vous seuls avez connu l'ardeur
  » De ce cœur soumis et fidèle,
  » Et vous savez quel fut mon zèle
    » Pour servir le Seigneur.
 » Mon humble voix annonçait du Sauveur
    » La doctrine immortelle ;
 » Mais, je vous quitte : Dieu m'appelle,
 » Et je m'en vais pour ne plus revenir.
  » Jérusalem, tu me verras souffrir,
    » Mais sans jamais trahir
 » Pour les maux d'ici bas de coupables alarmes ! »
    Et tous versaient des larmes.

N° 42. *Les Chrétiens prient pour St-Paul qui leur fait ses*
      adieux.

CHOEUR ET RÉCITATIF.

  Veille sur lui, Seigneur,
  Qu'il soit l'objet de ta faveur.

  » Que faites-vous ? et par vos larmes
    » Pourquoi briser mon cœur ?
    » Au Saint Nom du Seigneur
   » La souffrance a même des charmes :
 » Oui, les fers et la mort sont pour moi le bonheur. »
    Il appela sur eux la force et le courage,
      Leur dit adieu sur le rivage

Et disparut pour jamais à leurs yeux ;
Ils doivent se revoir un jour au sein des Cieux !

N° 43.   *Dieu est le Père de tous les Fidèles.*

CHOEUR.

Notre Dieu tutélaire
Daigne toujours s'appeler notre Père :
Nous sommes ses enfants surterre.

N° 44.   *Le Ciel est la récompense du martyre.*

RÉCITATIF.

S'il doit mourir pour notre Foi ,
Dieu soutiendra sa force et son courage.
Seigneur, il défendit ta loi,
Donne-lui ta couronne immortelle en partage.
Il va renaître, et pour jamais heureux ,
Et la vie éternelle est un sublime gage
Qui lui paiera ses efforts généreux.

N° 45.   GRAND CHOEUR FINAL.

Mais nous, aussi, mon Dieu , nous t'avons rendu gloire,
Garde-nous en la mémoire,
Seigneur, protège-nous.
Dieu que j'implore ,
Toi que bénit mon cœur,
C'est Toi seul que j'adore.
Gloire à jamais au Saint Nom du Seigneur.

6 MÉLODIES RELIGIEUSES.

PAROLES DE BÉLANGER, MUSIQUE DE BEETHOVEN.

N° 1.   *La Prière.*

Grand Dieu, je suis encor tremblant
    Devant votre colère :
Mais, par pitié, pour votre enfant,
    Soyez bon, comme un père.
O vous, qu'on peut toujours fléchir,
Voyez mes pleurs, mon repentir :
    J'ai foi dans la prière :
    Écoutez ma prière.

L'Impie en vain dit en son cœur :
    « A moi, tout m'est prospère ! »
Mais, insensé, ton faux bonheur
    N'est qu'une ombre éphémère.
De vous, mon Dieu, de vous j'attends
Un bien qui vit dans tous les temps :
    J'ai foi dans la prière :
    Écoutez ma prière.

Seigneur, comptez mes tristes jours
    D'angoisse et de misère !
L'exil ne peut durer toujours :
    C'est en vous que j'espère !

Sur moi, Seigneur, jetez les yeux :
Daignez enfin m'ouvrir les Cieux.
    J'ai foi dans la prière :
    Écoutez ma prière.

N° 2.   *L'Amour du prochain.*

Le Sauveur, indulgent pour nous,
    Daigna dire lui-même ;
« Les uns, les autres, aimez-vous ! »
    C'est notre loi suprême !
Heureux qui la porte en son cœur !
A qui la peut braver, malheur !

Combien l'ingrat devait rougir
    De son indifférence !
Ses yeux, sans pleurs, ont vu souffrir
    Avec insouciance.
Lui seul, il suffit à son cœur.
Dieu le repousse, à lui, malheur !

Le riche, un jour, avec fracas
    Soulage l'indigence :
Et tous ont dit : « Pour nous, hélas,
    C'est une Providence ! »
L'orgueil parlait seul à son cœur :
Mais Dieu le juge : à lui malheur !

Il faut donner en nous cachant :
    Respectons la misère.
Bienfait caché, bienfait touchant,
    Ainsi qu'un doux mystère !
Si peu que l'on offre au malheur
Vous le rendez cent fois, Seigneur.

N° 3.   *La Mort.*

Comme une ombre, dans la nuit
Le jour le plus beau s'efface:
Le bonheur plustôt nous fuit
Que la fleur des champs ne passe!
Homme, apprends quel est ton sort:
Et toujours pense à la mort!

Tout subit sa dure loi:
On la craint sans la connaîtr
Elle est là tout près de toi:
Tu la crois bien loin peut-être.
En Dieu seul remets ton sort,
Et sans peur attends la mort

Non, la mort n'a rien d'affreux,
C'est le jour de la justice:
Du méchant qui fut heureux,
Là commence le supplice.
Mais le juste en paix s'endort:
Son espoir, c'était la mort.

N° 4.   *Dieu glorifié par ses ouvrages.*

La voix des Cieux répète en chœur immense
Le Nom sacré de l'Éternel.
Tout l'univers proclamant sa puissance,
Répond à l'hymne solennel.
Dieu seul conduit ce Géant de lumière,
Au front superbe et glorieux;
Il vient, rayonne, et poursuit sa carrière
Ainsi qu'un Roi victorieux.

Au Roi des Cieux l'univers rend hommage,
Et Dieu l'écoute et le bénit;
Avec plaisir il revoit son ouvrage;
Et d'un sourire l'embellit.

Le jour qu'il fait éclater sa colère,
Le monde attend avec terreur.
Au bruit des vents, au fracas du tonnerre,
Le ciel annonce un Dieu vengeur.

Sa loi pour nous n'est jamais trop sévère,
Et Dieu surtout lit dans nos cœurs.
Il a toujours la tendresse d'un père
Pour mettre un terme à nos malheurs.
Il dit : « Venez, le Seigneur vous rappelle !
« Captifs, je veux briser vos fers !
« Vivez enfin de la vie éternelle !
« Venez, les Cieux vous sont ouverts ! »

N° 5.   *La Puissance de Dieu.*

C'est le Seigneur
Que partout on encense !
Tout l'univers célèbre sa puissance :
Les Cieux racontent sa splendeur.

Il veut : soudain
Tout se meut et s'anime.
Qu'il dise un mot, tout rentre dans l'abîme,
Le monde tremble sous sa main.

Du haut des Cieux
Il voit tout sur la terre,
Il est partout : pour lui point de mystère !
Non, rien ne peut tromper ses yeux.

Au fond des cœurs
Dieu soutient l'espérance ;
Heureux qui croit en sa puissance !
Le Ciel lui garde ses faveurs !

Grand Dieu, toujours
Le méchant vous ignore.

Je vous connais, Seigneur, je vous adore ;
Soyez ma force et mon recours.

Dieu, mon sauveur !
En vous seul est ma vie,
Entre vos bras, mon Dieu je me confie !
C'est là qu'on trouve le bonheur.

N° 6.   *La Pénitence.*

Mon Dieu connaît les fautes de ma vie :
Il sait que j'ai bravé ses lois :
Il suit mes pas au sentier de l'impie !
Hélas ! en ma faveur puis-je élever la voix ?
Mon Dieu, vous avez vu mon crime,
Voyez aussi les pleurs du repentir,
Mes cris vers vous s'élancent de l'abîme,
En vain m'entendrez-vous gémir ?
Je suis courbé sous le poids de l'offense !
          Malheur à moi !
Mon cœur se trouble et se glace d'effroi.
Si vous jugez, je n'ai plus d'espérance,
Mon sort dès longtemps est écrit :
          Pécheur, je suis maudit !

Non, Non, Seigneur, ainsi qu'un tendre père,
          Vous voulez sauver votre fils :
Dites encore au cœur pur et sincère :
          « Allez, vos péchés sont remis ! »
Délivrez-moi du fardeau qui m'accable
          Et je suivrai votre divine loi ;
          Seigneur appelez-moi !
Je quitterai ce monde si coupable,
Dont l'exemple un moment a pu troubler ma foi.

Enfin je sens briser ma chaîne :
Auprès de vous, mon Dieu, je prends l'essor.
De votre grâce, ô bonté souveraine,
Vous m'ouvrez le trésor.
O douceur ineffable !
Je ne suis plus coupable !
J'ai mon pardon, Dieu m'aime encor !

Imp. A. François et Comp., rue du Petit Carreau, 32.

CHEZ S. RICHAULT, ÉDITEUR DE MUSIQUE,

Boulevart Poissonnière, 26, au 1er.

WALTER – SCOTT LYRIQUE,

COLLECTION DE MORCEAUX DRAMATIQUES

(Airs, duos, nocturnes, etc., avec accompagnement de piano),

Sur des sujets tirés des principaux romans de
WALTER-SCOTT,

Paroles de BÉLANGER,

Musique de *J. CONCONE*.

(Déjà publiées) :

1re série de 12 morceaux : **KENILWORTH.**
2e   —   —   **IVANHOE.**

La 3e série contiendra : **LA JOLIE FILLE DE PERTH**

Imprimerie A. François et Cie, rue du Petit-Carreau, 32.

www.ingramcontent.com/pod-product-compliance
Lightning Source LLC
Chambersburg PA
CBHW070911200626
46818CB00006BA/2483